D'après l'œuvre d'Aentigone

Aentigone

Tome 1 : Patience

Cette série de romans est dédiée à Celui qui partage ma vie depuis plus de deux ans aujourd'hui, qui m'a appris la patience, qui m'a fait découvrir à Ses côtés et à Ses pieds le monde formidable du BDSM. Sans Lui, je ne sais si la flamme de ma soumission aurait pu voir le jour.

A Vous mon Amour, mon Amant, mon Fiancé, mon Meilleur Ami, mon Confident, mon Âme-sœur, ma Moitié.

A Vous mon Maître,

Je suis Vôtre,

A jamais, scellée.

Je t'aime,

Aentigone

Un mot d'Aentigone

Cela fait maintenant plus de deux ans que j'ai découvert le BDSM, et que je vis aux pieds de mon Maître. Cette série de romans, dont « Patience » en constitue le premier, retrace ma vie. Je vous emmène avec moi sur la route des péripéties que j'ai rencontré en voulant entrer dans ce monde, ma rencontre avec Maître, mes erreurs, mes joies et mes peines.

Vous assisterez à mesure des tomes à la naissance et à l'évolution d'une jeune soumise, qui deviendra, au fil du temps et de Patience, Aentigone.

Ce roman est inspiré d'une histoire vraie, ma propre Histoire. Les personnages que vous allez y rencontrer ne sont pas tous réels, certains noms ont été modifiés. Mais Dzeta est bien l'Homme que vous connaissez. Les échanges que vous trouverez dans ce livre sont des copier-coller identiques des conversations que nous avons eues à l'époque.

J'ai couché sur ce papier une partie de mon intimité. Une partie de ma vie. Sans filtre.

Je vous souhaite une bonne lecture.

Aentigone

« Le bonheur est une longue patience »

J. Cocteau

1.

Le brun mystérieux

Il est 11:01, et la boule qui se forme dans mon ventre depuis quelques heures déjà devient si importante que je peux à peine me concentrer sur les fiches que je tiens entre les mains.

« Aliénor ». C'est mon tour, je range ce qui constituait mon dernier espoir de réussite au fond de mon sac et avance dans la grande salle d'examen. Je les ai toujours trouvées extrêmement froides, éclairées de lumières digne d'une salle d'opération, sans parler de la peinture d'une autre époque. Ça n'est qu'un mauvais moment à passer. Les questions s'enchaînent et j'essaie tant bien que mal d'y répondre, tout en pensant à la fête de ce soir. N'est-ce pas après tout le plus grand intérêt des examens ?

Trente minutes environ se sont écoulées, et je sors enfin de cette salle infernale, soulagée. Je ne sais pas si j'ai réussi ou non, mais ça n'a pas d'importance, car dans quelques heures je serai avec mes amies en train de récompenser mon estomac des efforts fournis pendant ces deux semaines de révisions. Et qui sait, peut-être pourrai-je faire une rencontre intéressante.

La porte de mon appartement à peine refermée, je me débarrasse de mes vêtements et me fait couler un bain. Vivement l'été pensai-je, en regardant la tempête se déchainer dehors et la pluie battre les carreaux. Je me glisse dans la baignoire, l'eau chaude arrivant à hauteur de ma poitrine me réconforte, et mon esprit commence, comme souvent lorsque je suis seule, à divaguer. Toujours le même thème, toujours le même sujet, toujours la même interrogation : Qu'est-ce qui cloche chez moi ? Oh bien sûr, il m'est arrivé à plusieurs reprises, trop sans doute, d'avoir des rapports sexuels avec des garçons mais... Quelque chose ne me plaît pas, ou disons plutôt, ne me convient pas. Je n'arrive pas encore à trouver quoi, mais alors que je réfléchis à cela, je laisse ma main descendre doucement le long de mon corps submergé par l'eau brûlante, ferme les yeux et imagine comme bien souvent une scène que l'on ne m'a encore jamais offerte...

Encore tremblante, je passe mon peignoir en coton tressé, et décide de commander quelque-chose à manger. Après tout, il ne faut pas avoir le ventre vide avant de partir en soirée étudiante. Des sushis feront l'affaire. J'ai vingt minutes devant moi, voyons voir ce que je vais mettre ce soir. J'ouvre la porte de mon charmant dressing, comme j'aime l'appeler (bien que j'ai conscience qu'un placard ne puisse pas vraiment être qualifié de la sorte), et fouille dans ce capharnaüm de vêtements et de chaussures, entre lesquels se battent divers sacs et autres accessoires. Les tenues s'enchaînent, et finissent toutes sur mon lit, je n'ai décidément plus rien à me mettre ! Si cela continu j'irai en soirée en peignoir et tant pis ! Ce serait tellement plus simple si je pouvais m'habiller de mon plus simple appareil, comme lors de toutes ces soirées décrites dans les bouquins érotiques que je dévore. Le vivre, rien que pouvoir le vivre. J'ai l'impression de vivre dans un fantasme permanent, et cela me frustre énormément...

« Ding-dong », le livreur est là, enfin ! Je me mets à table, éclairée par une lumière tamisée, me verse un bon verre de vin pour accompagner mon poisson cru et alors que je m'applique à me servir délicatement, l'un des sushis m'échappe et fini sur ma cuisse. Une onde d'excitation traverse alors mon corps, fourmille si intensément à l'intérieur de moi que je peux à peine continuer mon repas.

« Mais que t'arrive-t-il à la fin ? Tu ne vas quand même pas être émoustillée par le fait d'imaginer que quelqu'un mange des sushis sur ton corps ! ». Appelée par la voix de la sagesse, ou de la naïveté, je refrène donc la tornade interne qui se créait en moi et avale les dernières pièces. Pour me changer les idées, j'allume ma télévision et me plonge devant un programme de téléréalité. Voilà donc un traitement efficace...

17h28, il est temps que je choisisse une tenue pour ce soir ! Une robe en velours, sombre, accompagnée de collants résilles et d'une belle paire de chaussures en cuir type militaire feront l'affaire. Un brin de mascara, et ma touche fétiche, un rouge à lèvre vif. Afin de marquer mon territoire.

Il est un peu plus de 18h30 lorsque j'arrive au bar du Loup et du Renard, et j'y retrouve mes amies, déjà présentes depuis un bon moment. Je commande un verre de vin rouge, n'ayant pas envie de bière ce soir, bien que l'endroit en fût la spécialité. J'aime beaucoup ce bar, il n'est pas très grand, mais ses tables en bois massif, surplombées par des tableaux représentants des scènes de taverne moyenâgeuse, ainsi que les mains sortant des murs et tenant des ampoules calfeutrées ont le dont de me faire voyager à une autre époque.

Après quelques verres, l'ambiance est plus joviale, les langues se délient, la timidité tombe, et nous sympathisons avec un groupe d'hommes, assis juste à côté de nous. L'un d'eux attire irrémédiablement mon attention, je ne saurai dire pourquoi. Je ne le trouve pas particulièrement beau, ni charismatique, ni même amusant. Pourtant il m'attire.

Ma vessie criant, je me hâte vers les toilettes et sur le chemin, croise cet homme. Il a l'air plus sympathique de près, et nous engageons la conversation :

- Salut, je m'appelle Aliénor
- Gabriel
- ...

Je ne peux m'empêcher de rougir, ne comprenant décidément pas ce qu'il m'arrive. Cela fait des semaines que je n'ai pas été attirée par un garçon. Mes envies particulières sans doute... Une petite voix me dit de faire plus ample connaissance, alors je me lance :

- Je t'ai beaucoup observé depuis tout à l'heure et même si je ne te trouve pas à mon goût quelque-chose chez toi m'attire.

Mais pourquoi ai-je dit ça ? Quelle cruche ! J'ai trop abusé du vin, je raconte n'importe quoi. Il me regarde avec insistance, semblant amusé par la situation. Nous nous installons donc à une table éloignée du reste du groupe, sous l'œil attentif et plein d'espoir de mes amies. Il faudrait qu'elles arrêtent d'essayer de me caser absolument. Enfin, je ne peux pas vraiment leur en vouloir, beaucoup de personnes pensent qu'elles peuvent régler leurs problèmes et être heureuses en trouvant l'Amour. J'ai arrêté d'y croire il y a bien longtemps. Gabriel et moi discutons de tout et de rien, et je dois avouer que c'est agréable de ne penser à rien d'autre qu'à s'amuser.

Alors qu'il est sorti fumer une cigarette, son téléphone laissé sur la table se met à vibrer. Je ne peux m'empêcher de lire le SMS, et suis surprise de ce que je lis :

« Pardon Maître, je ne voulais pas Vous décevoir, Votre dévouée soumise, Sacha ». Maître ? Soumise ? Mais qu'est-ce que ça veut donc dire ? Incrédule, je ne peux m'empêcher de lui afficher en pleine face ce message lorsqu'il revient à table, hésitant entre lui balancer mon verre à la figure et partir en courant.

- Quel genre d'homme se fait appeler Maître ? A quel genre de dégénéré appartiens-tu ?
- Calme-toi Aliénor ! Je vais t'expliquer les choses simplement. Tu sais pourquoi tu m'as attiré ce soir ? Tu sais pourquoi tu as eu envie de me parler ? Parce que toi et moi on est pareil, même si tu ne le sais pas encore. N'as-tu jamais imaginé des scènes bizarres en te masturbant ? N'as-tu jamais demandé à l'un de tes partenaires de te passer une ceinture autour du cou ? A ton avis, pourquoi es-tu si blasée de la vie vanille ?
- La vie van... Mais qu'est-ce que tu me racontes, ça veut dire quoi vie vanille ? Tu me prends pour une glace ou quoi ?

Il se mit à rire, d'un rire qu'on ne peut pas arrêter. Irrémédiablement, je suis prise à mon tour dans cette chaîne infernale du fou rire. Après quelques minutes, il reprend son sérieux et m'explique :

- Aliénor, j'ai senti quelque-chose de particulier chez toi, quelque-chose qu'on ne retrouve pas chez n'importe qui, et tout ce que tu m'as raconté sur toi au cours de cette soirée n'a fait que confirmer ma première impression.
- « Harry tu es l'élu » pouffai-je
- Arrête un peu de te moquer de moi, je suis sérieux. Ta place n'appartient pas au monde vanille. Ta place, elle appartient au monde BDSM. Tu es née comme cela, tu ne pourras rien faire pour le changer !
- ... Si tu le dis. Je ne sais pas si je suis faite pour ton BDStruc mais en tout cas, ça ne coûte rien d'essayer. Donne-moi ton numéro et nous en discuterons demain tranquillement. Pour l'heure, j'ai une soirée de post-exam à terminer avec mes copines.

2.

Le rêve

Alors que je m'affaire aux tâches qui m'ont été données, un homme, grand et fort se saisit de mon poignet et me traîne à travers les longs couloirs de ce château humide, que je connais comme ma poche. Il m'amène dans la pièce principale, là où siège le seigneur des lieux, là où il fait régner l'ordre et la tyrannie. Il m'oblige à m'agenouiller devant lui, et j'entends une voix accusatrice crier « C'est elle ! Voleuse ! Elle a volé du pain en cuisine ». Tremblante de terreur, complètement désarmée face à ces accusations, que je sais vraies, je ne peux m'empêcher de me recroqueviller sur moi-même, aux pieds de cet homme si puissant, qui a tous les droits sur ma personne, et qui d'un geste ou d'un ordre peut me condamner. Je supplie encore et encore, chaque centimètre carré de mon corps ne cesse de me désobéir, j'aurais aimé faire face à la mort certaine qui m'attendait avec plus de panache. Mais en vain. Nos regards se croisent, je me sens tellement à sa merci. Je suis faible face à lui, et je le supplie encore et encore de me laisser la vie sauve, tout en le regardant d'un air qui ressemble probablement plus à un chien battu qu'à un être humain. Mais c'est comme cela que je suis traitée ici, comme un chien, n'ayant pour seul devoir que l'obéissance absolue envers mon Seigneur, au risque d'encourir les plus graves sévices si j'y contreviens... Nos regards se croisent donc, moi toute petite chose, lui tout puissant...

« COCORICOOOO ».

Je me réveille trempée. Encore ce rêve. Et si Gabriel avait raison après tout ? Nous verrons cela plus tard, j'ai bien envie de retourner au château...

Je glisse donc ma main entre mes cuisses, cherchant mon sexe coulant de plaisir, et imagine le reste de la scène. La supplication, l'esclave que je suis, dont le destin n'est lié qu'au bon vouloir d'un homme auquel j'appartiens corps et âme... Plus mon cerveau le supplie, plus mes doigts se font vigoureux dans mon entrejambe, glissant de mieux en mieux sur mon clitoris gonflé de plaisir et de désir pour cet homme que je ne connais pas et qui me malmène ainsi. Lorsqu'il me fait jeter aux cachots, je jouis intensément. Lorsqu'il vient me chercher pour me monter dans ses appartements, et prend soin de moi, je jouis encore plus intensément.

Epuisée par cette vague de plaisir inattendue et inavouable, je décide de me reposer encore un peu. Qui sait, peut-être mon beau seigneur reviendra à nouveau...

*

Midi, je reçois un appel de Gabriel :

- Rejoins-moi en face de la Treille, je t'emmène manger un morceau et nous pourrons finir la conversation d'hier.
- J'arrive.

La tête prise dans un étau ; saleté de vin ; je me lève avec peine, bien déçue de ne pouvoir rester dans mes songes plus longtemps. Mais peut-être vais-je trouver des réponses à tout cela grâce à cette rencontre inattendue d'hier… J'avale donc 2 comprimés d'aspirine, enfile un jogging bien chaud ; tant pis pour le style ; un gros pull en laine et ma doudoune poilue. Il y a 30 minutes de marche entre mon appartement et la treille, ça me permettra de décuver un peu.

Je retrouve Gabriel devant la cathédrale si bien connue par chez nous, une grande dame de fer dont je n'ai jamais vraiment compris l'architecture, et le suis dans une ruelle la jouxtant. Nous nous retrouvons dans un charmant estaminet typique du Nord de la France. La décoration est un peu surchargée il est vrai, entre les vieilles affiches, les casseroles en cuivre, les fleurs séchées et autre machines d'un autre temps, mais j'adore cet endroit. Nous choisissons une petite table à l'abri des regards, seul un nain de jardin assis sur une étagère peut déranger notre tranquillité.

En attendant nos plats, je me lance dans le vif du sujet :

- Alors Gabriel, murmure-je, parle moi donc de ton BDStruc
- M Aliénor. BDSM. C'est un type de sexualité dans lequel il y a des personnes dominantes et des personnes soumises. Où l'un doit obéissance à l'autre, et tout cela dans le plus grand consentement bien évidemment, me réplique-t-il avec son plus grand sourire.
- Mais comment peut-on aimer être soumise à quelqu'un ? Et comment cela se passe-t-il ? Je ne comprends pas vraiment.

Alors qu'il s'apprête à me répondre, le serveur arrive, les bras chargés de délicieux mets :

carbonnade flamande pour monsieur, welsh au maroilles pour moi.

- Je t'expliquerai tout cela après manger, ça va être froid.

J'ai horreur d'attendre, je suis impatiente et tout le monde le sait. C'est d'ailleurs l'un de mes plus grands défauts. Il joue avec mes nerfs je n'en doute pas. Ou cela ne fait-il que partie du jeu ?

Le ventre rempli, nous commandons malgré tout un dessert.

- Vas-tu enfin répondre à mes questions ? dis-je la bouche pleine de chocolat.
- Sois patiente Aliénor, c'est une qualité essentielle chez toute personne pratiquante du BDSM.

Nous finissons notre repas dans le silence, moi bouillonnant d'impatience d'en savoir plus, lui bouillonnant de plaisir à l'idée de me faire tourner en bourrique. En sortant du restaurant, nous entreprenons une marche digestive dans les rues pavées de la vieille ville que je connais si bien. Nous passons devant mes magasins de vêtements préférés, et il m'est difficile de ne pas me laisser tenter. Et puis zut, puisqu'il ne veut pas m'en dire plus tout de suite à propos de cette sexualité, tant pis pour lui. Je vais dépenser ma frustration en mousseline et autre robe en soie. A moins d'opter pour le cuir…

Ce sera le cuir, une belle petite robe douce et près du corps, qui galbe mes formes et à l'air de beaucoup plaire à Gabriel.

- Tu aimes le cuir ? C'est un peu cliché dans notre monde, mais tant mieux, parce que j'adore cela. Encore plus lorsque celui-ci vient se serrer autour du cou ou des poignets, me lança-t-il, droit dans les yeux.
- Tu essaies de m'impressionner ou de me faire rougir avec tes répliques ? Je ne marche pas, et l'air boudeur, je me renferme dans la cabine d'essayage.

Lorsque je ressors, Gabriel n'est plus là. Sur le fauteuil en velours sur lequel il était assis il y a encore quelques minutes, repose un mot.

« Ce soir. Vérifie tes mails »

Songeuse, je rentre chez moi en attendant patiemment devant ma série préférée un signe de cet homme décidément bien mystérieux.

3.

La Check-list

Vingt heures. Un petit bruit provenant de mon téléphone me réveille de la douce torpeur dans laquelle la chaleur de mon plaid en laine m'avait plongée. J'ouvre donc ma boîte mail, peu habituée à ce genre d'échanges entre amis. Enfin, était-il mon ami ? Je ne saurais même pas le dire, il ne parle pas beaucoup de lui. Le mystère du mâle dominant sans doute, pensé-je amusée.

« Aliénor,

Cela fait deux jours maintenant que nous nous sommes rencontrés et je dois avouer que tu m'intrigues beaucoup. Tu es totalement novice dans notre monde, et pourtant ton besoin de soumission respire déjà tellement en toi. Je n'ai pas voulu te donner tous les codes liés au BDSM tout de suite, car ce sont des choses qui se révèlent au fur et à mesure. Tu as le droit cependant de te renseigner de ton côté, internet est rempli de forum qui t'aideront sans doute à trouver un minimum de réponses. Le BDSM est quelque-chose qui représente pour moi bien plus qu'une sexualité. C'est quelque-chose que j'ai dans le sang, dans les tripes, et je ne peux plus faire ma vie sans cet aspect, devenu indissociable de ma personnalité. Ne te méprend pas Aliénor, le BDSM comme tu l'as souvent imaginé, celui que tu as pu lire dans les bouquins, ou voir dans les films, ne reflète en rien ce monde si secret qu'il est en réalité. Non, nous ne passons pas notre temps dans des caves humides bardés de cuir à nous fouetter les uns les autres. Non, nous ne passons pas notre temps à nous pénétrer les uns les autres. Il n'y aura d'ailleurs aucune scène de ce genre dans mes séances. Le BDSM est avant tout axé sur la cérébralité, et tu remarqueras en le pratiquant que le premier organe sexuel que tu possède et que nous possédons tous, est ton cerveau. Je suis conscient que mes mots peuvent paraître complètement aberrants, mais tu t'ennuies dans les rapports vanilles n'est-ce pas ? (oh, le mot vanille désigne tout ce qui n'est pas BDSM, une sexualité dite « normale »). Et bien, moi aussi. Parce que nous avons l'un comme l'autre besoin de nous évader à travers bien plus qu'un simple rapport charnel, qui ne nous excite plus du tout. Nous avons besoin de nourrir notre cerveau d'une relation bien plus intense, complexe et délicate que cela. Moi dans la domination, toi dans la soumission.

Si tu as des questions, et je suppose que c'est le cas, n'hésite pas à les noter sur un papier et à me les poser la prochaine fois que nous nous verrons. C'est très important que tout soit au clair avant que je t'initie, si tu le souhaites bien sûr, à ce doux art de vivre qui t'emmènera dans les parties les plus sombres et les plus belles de ton existence toute entière.

Je te joins une liste de pratiques avec un questionnaire, cela s'appelle une Check-list, réponds-y avec assiduité. Elle est indispensable afin que nous puissions pratiquer en toute sécurité, et afin que je sache ce qui te plaît ou non (bien que je sache que tu n'as jamais pratiqué auparavant).

J'attends ton retour avec impatience, renvoie moi cette liste avant demain soir 22h, si tu souhaites te lancer dans le grand bain du BDSM. Dans le cas contraire, je te demanderai d'effacer mon numéro et de m'oublier.

Respectueusement, Gabriel »

Waouh. Je ne m'attendais pas du tout à ce genre de message. Afin de remettre mes idées au clair, je décide de me faire couler un bain. Je devais me coucher tôt, tant pis. Je suis bien trop retournée par ces derniers événements. Une petite boule effervescente jetée dans le bain et hop, je me glisse dans l'eau réconfortante.

J'allume ma tablette et tape le fameux mot « BDSM ». Je ne sais pas à quoi m'attendre en faisant cela, j'ai peur de tomber sur des photos gores ou des forums louches, et quelle n'est pas ma surprise de découvrir des dizaines et des dizaines d'articles sur le sujet. Je les dévore tous avidement, voulant en savoir toujours plus au sujet de cette sexualité qui décidément commence à bien me parler !

J'y apprends notamment que le BDSM est un mouvement dit alternatif de la sexualité, qui n'est plus reconnu par les spécialistes en psychiatrie comme une pathologie mentale. Ouf ! En même temps, je me demande si les personnes qui l'ont initialement classé en tant que telle étaient dedans. Après tout, tout ce qui sort des chantiers battus fait peur, et ce qui fait peur est tourné en dérision, ou en folie... Rassurée de n'être officiellement pas considérée comme « tarée », je découvre alors un blog de plusieurs personnes soumises, hommes et femmes, et me rend compte que le côté soumission n'est pas attribuée qu'à mon genre, ce qui rassure la progressiste en moi. Elles décrivent avec passion la complicité qui les lie à leur Maître ou Maîtresse. Comme c'est beau, le simple fait de lire leurs écrits déclenche en moi une irrépressible envie de me masturber. Je n'ai pas le temps, j'ai encore envie de lire des documentations sur le BDSM. Comme je les envie maintenant, ces hommes et ces femmes qui ont trouvé la paix en vivant pleinement leur vie, ce qu'ils et elles sont au fond. Soudain, je sens quelque-chose me caresser la jambe, je saisis le petit morceau de papier qui s'est libéré de la boule effervescente et y lis ces mots « Cessez de vous poser des questions et foncez ». Coup du destin ou coup de chance, je ne sais pas, mais c'est la goutte d'eau qui me décide définitivement à accepter mon sort. Je veux découvrir cette vie.

Habillée de mon peignoir, j'entreprends donc d'ouvrir la pièce jointe au mail de Gabriel. Une longue liste de pratiques, dont je ne connais pour la plupart même pas la signification. Des numéros, de un à cinq. Des oui, non, jamais. Une liste pour le moins étrange, comme je n'en ai jamais vue. Cela va me prendre des heures, et bizarrement, moi qui suis plutôt fainéante, je me délecte à l'avance des réponses que je peux y apposer.

Après avoir passer trois heures à chercher sur internet les définitions de telle ou telle pratique, j'enregistre mes réponses, et m'abandonne enfin à Morphée, des rêves plein la tête.

4.

Premier pas

Il est 8h du matin lorsque j'ouvre les yeux. J'ai envoyé ma liste à Gabriel hier soir, et je n'ai aucune nouvelle. Peut-être mes réponses ne lui ont pas plu ? Peut-être qu'il a changé d'avis. Peut-être s'est-il moqué de moi… Le moral à plat, j'essaie de me changer les idées en me penchant sur mes cours, même si je sais que c'est voué à l'échec. Je tourne les pages sans réellement les lire, attendant inlassablement un signe de vie de cet énergumène qui joue avec mes nerfs. Je repense au fait qu'il m'ait dit que la patience est une qualité indispensable dans le BDSM. Teste-t-il seulement ma capacité à attendre ? Je ne sais pas, et j'enrage intérieurement. J'appelle une de mes amie pour déjeuner, afin de passer le temps et de me confier un peu. En moins de dix minutes, elle est devant moi, un gros saladier plein de pâtes et de mozzarella dans les bras. Elle sait vraiment me remonter le moral.

- Ça n'a pas l'air d'aller Aliénor
- Pas vraiment, répondis-je, tu te souviens de Gabriel, le grand brun que nous avons rencontré l'autre soir ? Et bien, nous nous sommes revus, et depuis hier soir je n'ai pas de nouvelles. Je commence à me demander s'il n'est pas comme tous ces hommes qui s'amusent quelques jours et qui te laissent tomber comme une chaussette une fois qu'ils ont trouvé mieux.
- Vous avez… ?
- Non ! m'exclamai-je. Tu sais, il faut que je te parle de quelque-chose. Quelque-chose à propos de moi… Et de lui.

La conversation est longue. Bien trop longue, et plus je parle de cette facette de moi, plus je parle de mes envies, de ce que je ressens, de ce dont j'ai besoin et de ce que j'ai découvert hier soir en surfant sur internet, plus mon amie se décompose. Je pense que le point d'orgue est la liste. Elle n'essaye pas de me faire changer d'avis, mais elle se contente de rire en disant que j'ai trouvé une nouvelle lubie, une nouvelle façon de me faire remarquer, et que ça me passera sans doute. Le rire est la pire des choses qu'une amie puisse faire dans pareille situation, car même si je sais au fond de moi que je ne changerai jamais, elle, elle ne le sait pas, et n'essaie pas de comprendre. Je viens de me rendre compte à cet instant que le monde qui me fait fantasmer depuis que je suis en âge de comprendre ce qu'est le sexe, que j'ai découvert hier et que je vais explorer, n'est qu'une source de rire au mieux, de dégoût au pire, pour celles et ceux qui n'y sont pas initiés.

Le repas fini, je claque donc la porte derrière elle et prend mon courage à deux mains. Si ce bougre ne veut pas me donner de nouvelles, et bien c'est moi qui vais en prendre ! Je tape donc son numéro sur le clavier tactile et appuye, non sans une légère appréhension, sur le bouton vert.

Une, deux, trois sonneries, je m'apprête à raccrocher quand soudain j'entends sa voix :

- Et bien ! Je me demandais combien de temps encore tu allais tenir, s'esclaffe une voix rieuse de l'autre côté du fil.
- Comment ça combien de temps ? C'était un test ?! Tu es abominable !
- Je sais, mais tu as plutôt bien réussi. Je suis fière de toi Aliénor. Maintenant, parlons sérieusement.

Sa voix, d'habitude douce et enjouée, prend un caractère tout autre. Elle devient dure, froide, mystérieuse, et je sens mon entrejambe frémir à son écoute.

- Je vais t'envoyer un message avec des coordonnées. Tu vas t'y rendre. N'ai crainte, il s'agit d'un hôtel. Je préfère que tu sois confiante et que tu te sentes en sécurité. Rendez-vous là-bas dans une heure.

Plus rien. Il a raccroché. Je sens une pression monter en moi, qui me fais du bien et qui me fais peur à la fois. Cette excitation du premier rendez-vous. Pourtant ça n'est pas la première fois que je le rencontre… Mais sa voix, elle semblait si différente.

*

14h29, j'ai une minute d'avance. Parée de ma douce robe de cuir, j'attends dans le hall d'entrée de l'hôtel. Les tapis rouges qui ornent le sol en font un endroit confortable, et les moulures en bois le rendent assez chic. J'aime cette ambiance, à laquelle viennent s'ajouter des lumières tamisées et des peintures représentant des personnages fantasmagoriques, plus surprenant les uns que les autres. Je sens tout à coup une présence dans mon dos, me retourne et aperçois Gabriel. Il est élégamment vêtu, un costume sur mesure vient souligner son corps musclé, des chaussures dont le cuir n'a rien à envier à ma robe et au comble de la joie, un joli nœud papillon « Prince de Galle » pour finaliser le tout. Je n'avais jamais remarqué à quel point il était attirant, sans doute le cliché du grand brun mystérieux. Je sens ma nuque s'hérisser de plaisir et de désir pour cet homme, qui tient dans ses mains les feuilles de la liste envoyée la veille.

- Viens Aliénor, allons prendre un verre, dit-il sûrement, d'une voix autoritaire, grave et douce.

Heureusement que j'ai mis une culotte pensé-je, ma robe aurait été toute souillée… Je ne me suis jamais sentie comme cela, alors qu'il ne m'a même pas touchée. Nous commandons donc deux verres de vin rouge, le meilleur de la carte. Le plus cher aussi. Décidément, les clichés que l'on entend sur le BDSM ne sont pas tous fondés, il y a quand même des pratiquants qui sortent de leur cave !

- Bien, j'ai lu l'entièreté de ta liste Aliénor, et je suis ravi de ce que j'y ai trouvé. Ne te méprends pas, beaucoup de choses vont changer au cours du temps, car tu te rendras comptes que ce qui te fait vibrer sur le papier ne te plaira pas du tout dans la vraie vie, et inversement. Tout ceci n'est qu'un indicateur, mais c'est important pour moi. Je vais donc cet après-midi t'apprendre à découvrir ta soumission. Celle que tu caches depuis des années, celle dont tu as honte, celle que tu aimerais parfois faire taire et disparaître. Mais c'est impossible n'est-ce pas ? Tu sais que c'est en nous, ancré dans notre code génétique et qu'il n'y a pas de traitement à cela. Pour la simple et bonne raison que nous ne sommes pas fous. Le BDSM est un univers merveilleux dans lequel tu t'épanouiras, je n'ai aucun doute la dessus. Il y a néanmoins quelques petites règles à mettre en place avant que nous ne montions dans ma chambre.

Vissée sur ma chaise, j'essaye en vain de cacher l'impatience qui gronde en moi, le bouillon de sentiments qui se bat à l'intérieur de mon ventre, comme un millier d'insectes grignotant mes chairs. Cela en devient presque désagréable de devoir attendre encore et encore ! Patience. Il m'a dit d'être patiente. Respire Aliénor, respire.

- Et bien, je t'écoute, dis-je d'une voix tremblotante.
- Première chose, tu as interdiction de me tutoyer à présent. Et mon prénom t'est également interdit. Désormais, tu ne t'adresseras à moi que par Monsieur. Est-ce clair ?
- Oui
- Oui qui Aliénor ?
- Oui Monsieur…

J'avais dit cela dans un chuchotement, incapable de parler plus fort tant la vague qui monte en moi depuis quelques minutes devient puissante. Je sens ma culotte déjà trop humide sous ma robe, mes seins devenir trop dur et gonflés sous le cuir, mes lèvres crient de dévorer les siennes.

- La deuxième chose, la plus importante : quoi qu'il se passe, tu as toujours le droit de dire non. Toujours. Pour me le signifier, il te suffira de dire le mot « rouge ». C'est le seul mot qui me fera arrêter Aliénor, tu entends ? Le seul.
- Oui Gab… Monsieur
- Bien, alors maintenant suis moi.

5.

Première séance

La chambre est spacieuse, les mêmes tapis rouges que dans le hall la rendent chaude, les meubles sont rares mais ceux que j'aperçois paraissent extrêmement solides et capables de supporter des poids et des attaches. Il y a d'ailleurs disséminé un peu partout des petits anneaux. Je ne sais pas encore à quoi ils servent, mais j'ai hâte de le découvrir. Il n'y a presque pas de lumière, la pièce est feutrée et j'adore cette ambiance. Je me sens bien dans cette chambre, prête à entrer officiellement dans un monde dont je ne connaissais pas l'existence il y a encore vingt-quatre heures, grâce à un homme rencontré par hasard au détour d'une soirée étudiante.

Il s'assoit dans un fauteuil club anglais, et me regarde pendant un temps que je pense être infini. Je ne sais pas quoi faire, tandis que ses yeux sombres me transpercent et que mes jambes flagellent.

- Approche.

Je m'exécute, et il me dit alors de me mettre à genoux. Sans bouger. C'est la toute première fois que je me retrouve à genoux devant quelqu'un, et pourtant, c'est comme si j'avais fait cela toute ma vie. Il se penche près de mon visage. Nos lèvres se touchant presque, il se lève. Tourne autour de moi. Je le suis de la tête et il me répond par une légère gifle :

- Je t'ai dit de ne pas bouger Aliénor, c'est moi qui décide. Tu vois où tu es ? A genoux, à mes pieds, tu es en train de révéler ta condition de soumise. Et elle te va à ravir.

Il me bande les yeux à l'aide d'un morceau de cuir, et m'ordonne de me lever. Mon corps tremble, ma bouche refuse de se fermer complètement, je me sens totalement à la merci de cet homme et j'adore cela. Je sens la fermeture de ma robe s'ouvrir, et son souffle chaud contre ma nuque.

- Tu trembles, tu as froid ?

Il passe ses mains chaudes sur mes épaules et fait glisser le cuir sur mon corps, profitant de cet instant pour en découvrir toutes les particularités. Une main se glisse dans mes cheveux, obligeant ma tête à se projeter en arrière, contre son torse, pendant que l'autre enserre mon cou d'une poigne ferme. Et se serre, se serre, se serre. J'ai du mal à respirer, la réalité se déconnecte totalement de mon être à ce moment là, et quand il desserre son étreinte je ne peux m'empêcher de pousser un cri de bien-être. Je pourrai presque dire jouissance. Cette main continue son avancée, descend vers mes seins, deux petits monts endurcis par l'excitation, aux tétons pointant comme s'ils voulaient s'échapper de ce corps. Il les prend dans sa main puissante, les presse, et soudain je ressens une piqûre sur mon sein gauche. Je cris. Il tire d'un coup sec mes cheveux et m'ordonne de me taire. Je serre les dents pour ne plus que le moindre bruit ne sorte de ma bouche. Sa main continue son périple, découvre mon ventre plat, nid de dizaines de milliers de papillons en pleine bataille, puis descend encore, passe sous ma culotte, et l'arrache d'un coup sec.

- Tu es bien excitée à ce que je vois Aliénor, tu aimes te sentir soumise ? Vulnérable ? A disposition ?

Il glisse chaque mot dans mon oreille avec une sensualité que je n'avais jamais rencontré chez un homme, et chaque mot ainsi prononcé m'envoie une décharge de plaisir, traversant tout mon corps. Je ne me suis jamais sentie aussi vivante. Il attrape une paire de menottes de cuir et me les passe autour des poignets, puis je sens une corde s'attacher à la chaîne qui les relie. Mes bras sont soulevés vers le plafond, je ne peux plus bouger.

Me voilà donc attachée au plafond par les poignets, les yeux bandés, le corps en feu, les lèvres coulantes de désir et le ventre se tordant de plaisir. Une deuxième piqûre vient surprendre mon sein droit cette fois. Je ne sais pas ce que c'est, mais je sens mes tétons encore plus dressés, en demandant encore plus. Il redresse ma tête d'un geste sec de la main, glisse ses doigts entre mes jambes. Je les sens glisser sur mon sexe sans jamais le pénétrer. Comme il était convenu. Ses doigts couverts de mes sécrétions s'enfoncent ensuite dans ma bouche, m'obligeant à nettoyer le fruit de mon excitation. Goûter à mon propre plaisir.

- Tu aimes les pinces à ce que je vois, voyons si tu vas aimer la suite, l'entends-je dire d'un ton malicieux.

J'entends la porte d'entrée s'ouvrir, et me demande ce qui va se passer maintenant. M'a-t-il abandonnée là, attachée nue ainsi, la porte grande ouverte à la merci de tous ? La porte se referme. Je sens son parfum et sa main à nouveau contre ma gorge. Me voilà rassurée, il est revenu. La morsure du froid ne se fit pas attendre, ma nuque se raidit sous l'effet de la surprise. Des glaçons ! Il joue avec mes réactions, avec ce corps déjà tremblant, faisant glisser le petit cube bien cruel. Je ne peux m'empêcher de pousser un petit cri. Il arrête tout.

- Je t'avais prévenu Aliénor, je ne veux pas t'entendre. Peut-être ceci t'aidera à mieux comprendre.

Je l'entends fouiller dans un sac. Divers bruits s'en échappe au fur et à mesure qu'il pose les objets par terre. Je me demande combien il en possède, de quelles couleurs, de quelles matières. Je veux tout essayer ! Tout ! Sois patiente Aliénor. Patience !

- Bien. Dans le BDSM, il y a une chose que tu dois savoir. Tout manquement au règlement sera sanctionné d'une punition. Tu es novice, je ne serai donc pas trop dur avec toi, juste ce qu'il faut pour que tu te rappelles qui dirige. Est-ce clair ?
- ...

- Est-ce clair Aliénor ? Je t'ai posé une question.
- Oui… Monsieur.

Il se place alors derrière moi, et entreprend de faire glisser des lanières en cuir le long de mon dos, sur mes cuisses, sur mes fesses. Je ne comprends d'abord pas de quoi il s'agit, puis il se recule et commence à jouer avec ce que je devine être un martinet. Ma tête va exploser, j'ai très envie de tester. Mais si c'est une punition, ça va faire mal… Je tremble de plus belle. Les lanières fouettent l'air, dans un bruit feutré et agréable, dégageant au passage une odeur de cuir que j'affectionne particulièrement. Elles se rapprochent de mon dos, commencent à l'embrasser. De plus en plus fort, je sens ma peau chauffer au fur et à mesure que l'objet de ma punition se referme sur moi. Les coups se font plus forts, moins espacés, ils cinglent mon dos comme s'il s'agissait d'un vulgaire tapis que l'on doit brosser. J'ai mal, je n'en peux plus.

- Stop ! cris-je, stop s'il vous plaît Monsieur !

Les bruits cessent. Le bal des lanières semble fini. Je relâche la pression qui parcoure mon corps, souffle. Respire. Quand soudain je sens le coup de grâce sur ma fesse gauche. Je hurle de douleur.

- Je t'ai dit que le seul mot qui me ferait arrêter est « rouge ». Je pense qu'à présent, tu ne l'oublieras pas, n'est-ce pas Aliénor ?
- Non Monsieur, pardon…
- Tu apprends vite, je suis fier de toi.

Il me détache, enlève le bandeau, ma vision est d'abord floue, j'ai du mal à sortir de la bulle qu'il a créée. Je reprends petit à petit mes esprits, et tombe à ses pieds.

- Merci Monsieur, merci beaucoup pour tout cela.
- Ce n'est rien ma belle Aliénor, tu es une soumise délicieuse. Viens maintenant.

Je l'accompagne jusqu'à la salle de bain, où une bouteille de vin rouge, ainsi que des petits fours et un jacuzzi bien chaud nous attendent.

- La séance ne s'arrête pas là voyons. Tu as le droit de reprendre doucement tes esprits. C'est un devoir de toute personne dominante de s'occuper de celle soumise à la fin d'une séance. Nous ne sommes pas des monstres s'exclame-t-il.
-

*

Il est vingt heures lorsque je rentre chez moi, complètement vidée de toute énergie mais oh combien heureuse. Je sais à présent qui je suis et ce que je veux être pour toujours : Soumise.

6.

La perte

Samedi. J'ai toujours détesté ce jour, je ne sais pas pourquoi. Je me lève difficilement, le corps endolori par la séance d'hier. Je ne sais pas pourquoi on appelle ça une séance d'ailleurs, il faudra que je demande à Gabriel. Je trouve ça rigolo.

Alors que je m'apprête à prendre un bon café noir afin de me réveiller, je sens mon téléphone vibrer dans ma poche. Curieuse, je regarde et vois s'afficher le numéro de ma meilleure amie :

- Hello Bella, ça te dirait de faire une journée shopping, resto ? Ça fait un bail !
- Avec grand plaisir ! J'arrive !

Je la rejoins dans un restaurant que j'adore, au cœur de la vieille ville. Ses multiples niches dans lesquelles se glissent les tables semblent très propices aux conversations secrètes et autres confidences. D'autant que l'endroit est presque vide. Nous commandons le plat du jour, un magret de canard au miel agrémenté d'un gratin de légumes variés, et je ne peux m'empêcher de raconter mon aventure d'hier :

- J'ai revu Gabriel dis-je avec mon plus beau sourire. Il est vraiment génial, il m'a emmené dans un très bel hôtel et...
- Et vous avez fait l'amour passionnément ? me coupa-t-elle, un grand sourire dessinant son visage.
- Pas... Pas exactement. Disons qu'il n'y a pas de sexe entre nous. Pas à proprement parler en tout cas.

A la vue de son regard plein d'interrogations et demandeur de détails, je lui révèle que Gabriel m'a en quelque sorte fait découvrir le monde

BDSM, sans entrer dans les détails. Cela, je le garde pour moi.

- Moué, bizarre ton histoire, enfin, tant que t'y trouves ton compte, je ne vais pas t'en empêcher. On y va ? J'ai vu des ventes privées chez Sandro, il me faut une nouvelle veste.

Arrivées dans la fameuse boutique, je repère une petite robe en soie que je me hâte d'essayer ; moi et les vêtements, une grande histoire d'Amour ; et entre donc dans la cabine. C'est à ce moment là que je les vis. Les traces bleuies parcourant mon dos et mes fesses. Particulièrement la gauche. Je les regarde avec admiration, les caressant doucement. Je ne sais pas pourquoi, et je ne sais pas si je devrais, mais je suis fière de ces marques. Ses marques. Les premières. Ça ne s'oublie pas, elles font partie intégrante de la séance d'hier, permettent de la prolonger un peu, ou du moins me replongent dans de beaux souvenirs. Je suis rêveuse quand soudain je vois la tête de mon amie derrière le rideau. Elle aussi les a vues, ces marques.

- Mais qu'est ce que c'est que cela... Il te bat ? Aliénor, tu es sûre que tu me dis toute la vérité ?
- Oui ne t'inquiète pas, ce sont des choses qui arrivent quand on sort d'une séance BDSM...
- Une quoi ? Mais tu es tombée sur la tête ma pauvre ! Tu lis trop de romans à l'eau de rose !
- Je sais que ça paraît fou, mais écoute moi, c'est important. S'il te plaît ! C'est mon monde, je suis comme ça, je n'y peux rien.
- Tu es folle à lier !
- Folle je ne sais pas, mais à lier, pour sûr, essayé-je de rétorquer pour détendre l'atmosphère
- Je ne te connais plus Aliénor, et elle tourna les talons pour s'en aller, loin de mes explications et de mes ressentis.

Je rentre donc chez moi, en cette sombre après-midi d'hiver, le froid mordant arrachant à mes yeux des perles gelées, avec le désagréable sentiment d'avoir perdu une amie. Mais avec la fierté de m'être trouvée véritablement.

J'appelle Gabriel, j'ai des questions à lui poser.

7.

Adieu

- Tu voulais me parler Aliénor ?
- Oui, entre.

Il s'installe dans le canapé de fortune, qui me fait aussi office de lit, me regarde. Ses yeux sombres me fixent, et me transpercent. Exactement comme hier. Je suis vulnérable en tout point lorsqu'il se trouve dans la même pièce que moi.

- Aujourd'hui j'ai perdue ma meilleure amie parce qu'elle a vu les marques de la séance...
- Et tu en perdras sans doute d'autres Aliénor. Le BDSM est un monde incompris, les gens vanilles pensent que nous sommes malades. En même temps, nous

ne pouvons pas vraiment leur en vouloir quand on voit les marques que nos ébats laissent, ironise-t-il. D'ailleurs, je peux les voir ?

- Je ne sais pas, je te parle de quelque-chose de sérieux. Est-ce cela, le prix à payer pour être soi-même ? Perdre des êtres chers ? Je ne sais pas si je suis prête à cela.
- Tu serais prête à renoncer à l'entièreté de ton existence, à quelque-chose que tu as en toi, pour la bienpensante collectivité qui se permet de juger sans connaître de ce qui est sociétalement acceptable ou non ? Je te pensais plus battante que cela Alinéor.
- Tout n'est pas qu'un combat Gabriel ! Et si je n'avais pas envie de me battre ? Et si je m'étais déjà suffisamment battu dans ma vie pour recommencer ? Je suis fatiguée de tout cela. Je ne sais plus quoi faire Gabriel...

- Alors commence donc par te mettre à genoux.

A l'instant même où mes genoux touchent le sol, je sens une vague de sérénité aspirer en moi tout ce qu'il y a de négatif. Je ne suis plus moi-même, ou disons plutôt que si, je suis moi-même. Je suis aux pieds d'un homme que j'ai choisi, qui me domine, qui me rend vivante, et qui fait naître en moi des sensations que je ne savais pas même possible. Il me déshabille, d'abord du regard, puis ses mains entreprennent de délier mes cheveux, déboutonnent pas à pas ma chemise, la fait glisser par terre. Il m'ordonne de me lever, je m'exécute. Il enlève alors mon jean, et me plaque sur le bureau. Ses mains si douces et dures à la fois caressent chaque marque laissée par les lanières de cuir du martinet, ravivant la douleur. Exquise, magique. Vivante. Il sort alors une lourde chaîne de son sac en cuir.

- Tu avais prévu le coup, dis-je la voix chevrotante.

Une gifle s'abat sur mon visage. Surprise, je recule.

- J'ai entendu un « tu » Aliénor ?
- Pardon Monsieur…
- On dirait que la punition d'hier ne t'a pas suffit. Tu en veux encore ? Peut-être ai-je été trop doux ?
- Non Monsieur, pardon, pardon…

A cet instant, je me sens comme dans le rêve qui vient pimenter presque toutes mes nuits. Vulnérable, à la merci d'un homme qui a tout pouvoir sur moi, et qui peut décider en un geste de mon sort. Je tombe à ses pieds, lui embrasse, les enserre de mes bras et le supplie, encore et encore, de me pardonner. Cela semble lui plaire, si j'en crois la bosse qui se forme sous son pantalon. Il m'attrape par les cheveux et m'oblige à m'allonger par terre. Je suis nue sur le parquet froid, les cuisses trempées de ma condition, le dos en feu de frotter contre le sol. Il prend la lourde chaîne et entreprend de la ceinturer autour de mon corps. Il me lie les mains, les enferme à l'aide d'un cadenas, puis l'enroule autour de ma nuque, bien serrée, me laissant tout juste de quoi respirer. Enfin, la dernière partie de la chaîne se glisse entre mes cuisses, réalisant un harnais glacé s'enfonçant dans mes lèvres et entre mes fesses. Ainsi habillée, je ne peux plus bouger. Si je lève les mains, la chaîne mord mes lèvres. Si je lève la tête, la chaîne lève mes mains, qui tendent la chaîne qui mord mes lèvres. Je suis prisonnière d'un objet de torture. Délicieux, la cyprine coule le long du métal, je le sens devenir trempé. Il me met à genoux, ouvre la braguette de son pantalon, je m'apprête à recevoir son sexe, mais il s'arrête net.

- Je t'ai dit que le BDSM était plus qu'une simple partie de jambes en l'air ma petite salope, tu aimerais bien avoir ma queue en bouche ? Mais tout cela se mérite.

Dépitée, au comble de la frustration, je baisse la tête, honteuse d'avoir voulu demander quelque-chose que je ne me mérite pas.

- Mais tu as quand même été sage. Tu mérites sans doute une récompense.

Intriguée, je relève la tête. Bien trop rapidement, la chaîne mord mes lèvres. Aïe...

Il m'allonge alors sur le lit, et me libère de cette prison argentée. Je reconnais ensuite le bandeau en cuir qu'il a utilisé la première fois. Il me le met sur les yeux. Ecarte mes cuisses d'un mouvement de bras, et glisse sur mon clitoris un petit objet. Il l'allume, et celui-ci se met à vibrer, vibrer, vibrer de plus en fort.

- Dis-moi quand tu es sur le point de jouir.
- Oui Monsieur
- Je vais... jouir... Monsieur.

Attendant l'apogée de l'orgasme avec délectation, je me cambre et me contracte, et soudain... Tout s'arrête. Plus rien, plus aucune vibrations. J'étais en train de jouir et il a tout arrêté.

- On recommence, ordonne-t-il.

Le petit objet se remet à vibrer, de plus en plus fort.

- Surtout n'oublie pas de me prévenir petite chienne
- Oui Monsieur... Je vais...

Tout s'arrête. Mais à quoi joue-t-il ? Je vais finir par m'énerver ! C'est de la simple torture !

- Tu te demandes ce que je fais n'est-ce pas Aliénor ? Et bien, je t'apprends la patience. Et je te rappelle où est ta place. Tu dois obéir, et moi je décide. Il en va de même pour le contrôle de tes orgasmes. Mais assez d'entraînement pour aujourd'hui, maintenant tu vas jouir, et tu me diras ce que tu en penses.

Le vibromasseur s'en donne à cœur joie et provoque en moi une explosion. Le temps s'arrête, ma tête aussi explose. Je n'entends plus rien, je ne ressens plus rien d'autre que ce plaisir si intense qu'il en paraît irréel, qui traverse mon corps encore plus puissamment qu'une décharge électrique. J'ai l'impression que cela dure une éternité, que je ne vais jamais m'arrêter de jouir.

- Merci Monsieur, merci merci merci crié-je en pleurant. Merci !

Je m'effondre sur le lit, m'enfonçant complètement dans les couvertures. Ce qui vient de se produire en moi est incroyable. Je ne sais même pas si c'est un rêve ou la réalité.

- Waouh, mais que s'est-il passé ?
- Rien de bien compliqué Aliénor. J'ai ruiné tes orgasmes, montant encore et encore le désir, jusqu'à le stopper net. Il s'est accumulé en toi, en même temps que ta frustration, et l'orgasme final n'a fait que ressortir tout ce plaisir accumulé, et donc démultiplié. C'est un jeu très intéressant, et il peut s'étendre sur plusieurs jours, mais comme c'est la première fois, je ne vais pas être trop dur avec toi. Bravo Aliénor, m'applaudit-il, tu as passé un cap. Tu n'as même pas râlé la deuxième fois que je t'ai ruiné l'orgasme

- Je n'en avais pas la force Monsieur, murmuré-je encore haletante et écarlate de la séance.
- Repose-toi maintenant, je dois m'en aller
- Gabriel ?
- Oui Aliénor ?
- Qu'en est-il de Sacha ?
- Sacha est ma soumise Aliénor. Nous sommes unis par un contrat d'appartenance, et par conséquent nous devons tous deux respecter les engagements rédigés dans celui-ci.
- Contrat ? m'interrogé-je.

Gabriel pousse un soupir, semblant hésiter à poursuivre la conversation. Après quelques secondes d'hésitation, il débite son explication, comme si les mots étaient trop brûlants pour rester longtemps dans sa bouche :

- Oui, c'est un document écrit et signé par les deux partis, ou plus s'il y a plus de deux personnes dans la relation, qui permet de poser noir sur blanc les exigences, les envies, les besoins et les interdits de chacun, ainsi que les devoirs et les droits du Maître et de la soumise. Ce contrat est gardé précieusement afin de servir de preuve si jamais il y a une discordance un jour, et surtout, il scelle une union.

- Je vois, donc pour avoir une relation avec un Maître il faut obligatoirement signer un contrat ?

Je me fiche qu'il soit mal à l'aise, j'ai besoin de comprendre, j'ai besoin de savoir à quel point lui et cette jeune femme sont liés.

- Pour te protéger c'est mieux en effet. Tu sais Aliénor, tu es extrêmement jeune, tu es pleine de vie et ta soif de découverte est très importante. Mais tu sais aussi que les hommes, et en particulier dans le monde BDSM, sont des loups-garous près à dévorer les petites brebis dans ton genre. Beaucoup de « fake dom », comme on les appelle dans le milieu, se serve du

BDSM pour assouvir leur pulsion de domination malsaine et pour maltraiter des soumises qui pensent, quand elles ne connaissent pas, que c'est normal parce que c'est du BDSM. Ce qui est une hérésie de la pire espèce.

- Blablabla ! Ne me fais pas le coup du vieux sage qui veut donner des conseils, le coup du « tu es trop jeune », j'ai l'habitude !

Imperturbable, il continue son monologue.

- Le respect que l'on porte à son ou sa partenaire est la clé de toute relation saine. Tu vas abandonner ta vie, ton corps, ta soumission à une personne, qui accepte en retour de te prendre sous son aile. Ça n'est pas un engagement à prendre à la légère, et le contrat me semble être, au même titre que la check-list que tu as rempli au début, un bon indicateur de ce qu'est une personne de confiance. Méfies toi de ce que les gens racontent, beaucoup de soumises sont prêtes à se donner au premier dominant venu, et cela engendre pas mal de problème, qui n'aide pas à la réputation du BDSM. Je t'ai pris sous mon aile pour t'apporter les réponses à la plupart de tes questions, même si je suis conscient que tu en as encore beaucoup d'autres. Il faut que tu saches que je serai toujours disponible pour toi, mais je ne peux t'offrir de collier Aliénor.

Comment cela il ne peut m'offrir ce collier ? J'ai beau retourner la phrase dans tous les sens, je ne comprends pas ce qu'elle signifie.

- Un collier ? Ça veut dire que tu ne m'en offriras jamais ?
- Je t'aiderai dans ta recherche si tu le souhaites Aliénor. Mais je ne suis pas le Maître que tu attends, et dont tu as besoin. Il est temps que tu trouves quelqu'un qui soit disponible entièrement. Pour toi seule. Je suis déjà pris, et si j'ai voulu t'initier, il est maintenant temps

que tu apprennes à voler de tes propres ailes petit canari. Je t'ai envoyé le nom d'un site BDSM très connu, jettes-y un œil.

Amère, ma gorge n'a la force que d'émettre deux mots :

- Merci Monsieur.

Il s'en alla sans dire un mot de plus, et à ce moment je fus partagée entre le bonheur d'avoir mis un pied dans un mode de vie qui régirait désormais mon existence toute entière, et le pressentiment que je ne reverrai plus jamais Gabriel.

8.

La lettre

Quatre mois. Cela fait quatre mois que je n'ai pas de nouvelles de Gabriel. Il m'a bien sûr donné le nom de l'application de rencontre BDSM, comme promis. Mais mon cœur n'y est pas. Je sais bien que la première expérience, quelle qu'elle soit, laisse toujours un souvenir particulier, et j'ai bien du mal à m'en défaire.

En cette belle matinée de septembre, je me décide donc à aller faire un tour en ville, histoire de me dégourdir un peu les jambes, et qui sait, mon cerveau arrivera peut-être enfin à ne plus penser à ce brun mystérieux. Je me dirige donc vers la Citadelle ; comme j'aime cet endroit, petit écrin de nature au milieu de la ville ; mon casque bien vissé sur oreilles. Cela fait maintenant une dizaine de minutes que je marche et l'odeur d'herbe fraîchement coupée vient se mêler à celle des animaux de la savane que renferme le zoo. Les enfants jouent dans le parc juste à côté de la grande porte de cette bulle sauvage citadine. Le soleil brille, les oiseaux chantent, tout le monde à l'air heureux. Sauf moi. Je ne parviens pas à me débarrasser de cette mélancolie qui agite mon âme depuis maintenant trop longtemps, et si je pensais avoir trouvé enfin le bonheur aux pieds de Gabriel, je me suis bien trompée. Ça n'est pas la première fois remarqué-je pour moi-même. Non, ça n'est pas la première fois, et j'ai peur que ça ne soit pas non plus la dernière.

Lasse de mes pensées noires, je décide de me rendre dans mon café favoris, en plein milieu de la Grand' Place. Le chocolat qui y est servi est remarquable, d'autant que notre magasin de merveilleux préféré y a trouvé une petite place. Alors que je mélange le lait chaud et mousseux au chocolat coulant, j'aperçois la silhouette d'un homme, assis juste en face de moi. Il est de dos et je ne parviens pas à identifier son visage, mais j'ai le pressentiment de l'avoir déjà vu quelque-part.

- Bonjour Aliénor, dit-il, toujours tourné. Cela fait un moment que nous ne nous sommes pas croisés.

Je reste interdite. C'est impossible, ça ne peut pas être Gabriel ! Je l'aurai reconnu tout de suite tout de même. L'homme se retourne. Non, ça n'est pas Gabriel. Ouf ! Le rouge de mes joues s'estompe un peu et mon cœur cesse de battre la chamade.

- Bonjour Charles, en effet, répondis-je amèrement.
- Comment vas-tu depuis tout ce temps ?
- Je n'ai nullement envie de converser avec toi espèce de sale traître !
- Oula ! Calme toi ma belle, tu n'as toujours pas digéré la fête de fin de semestre de l'année dernière toi, s'esclaffe-t-il
- Tu m'as publiquement humiliée en me plantant pour je ne sais quelle greluche de la pire espèce ! Je ne te le pardonnerai

jamais Charles. Tu m'entends ? Maintenant laisse moi tranquille, j'aimerai pouvoir digérer mon chocolat et ta tête me donne la nausée.

Je pivote sur ma chaise afin de lui tourner le dos, mais il s'assoie sur celle juste à côté de moi. Oh il va me lâcher celui là, ce que les hommes peuvent être lourds quand ils s'y mettent ! Et après ils viennent pleurer quand on leur dit d'arrêter de nous aborder dans la rue. Amère, je lui lance :

- Qu'est ce que tu veux ? Te prendre un verre de vin sur la tête ne t'a pas suffit ? Peut-être préfère-tu les boissons chaudes, fis-je en mimant de lui lancer mon verre en pleine face.
- Arrête ! En fait si je viens te trouver aujourd'hui ça n'est pas vraiment de gaieté de cœur, mais c'est pour rendre service à l'un de mes amis, qui m'a demandé de te remettre cette lettre.

Il sort une petite lettre de sa poche, à l'enveloppe bleue claire, un cachet la scelle. Décidément, il m'arrive de drôle de choses.

- Un cachet de cire ? Ton ami s'est cru au Moyen-âge ? Merci bien mon seigneur d'avoir la gratitude de me faire quérir cette lettre, singe-je, d'un ton acerbe.
- Je ne sais pas, mais quelque-chose me dit que tu l'appréciais beaucoup, il y a quelques mois encore…

Impossible. Ce rustre ne peut pas être ami avec Gabriel.

- Oh donne moi ça et arrête de me regarder de la sorte. J'espère ne plus jamais te revoir Charles.
- Comme tu espérais toujours le revoir, Lui ?

Sur ces mots tranchants, je prends mes affaires et quitte le café, retenant avec autant de fierté que possible ces douloureuses perles salées, bien trop familières à mon goût.

9.

Coup de grâce

« Aliénor,

Cela fait quatre mois jour pour jour que nous nous sommes dit au revoir. Je dois bien avouer que je pensais les choses plus simples, mais ton absence me pèse beaucoup. La douceur de ta peau, la chaleur de tes caresses, la beauté de ton sourire, et tes yeux. Si pétillants, si avides de découvertes et d'aventures en ce beau monde du BDSM… Oui, tout cela me manque beaucoup Aliénor, et j'essaie en vain de cesser de penser à toi. En vain.

Ne te méprend tout de même pas sur mes attentions, je ne t'écris pas pour te demander de revenir, bien que mes pieds soient froids depuis qu'ils ne sont plus entourés de tes bras et couverts de tes baisers. Non Aliénor, car tu le sais, j'ai déjà une soumise sous appartenance, et mon contrat m'interdit d'en avoir une deuxième, et puis je ne pense pas que tu sois d'humeur partageuse. Je ne peux rompre ce contrat, pour des raisons qui me sont propres.

Si je t'écris ce soir, c'est parce qu'en cette nuit de tempête, mes pensées volent vers toi. Elles fouettent mon cerveau comme la pluie fouette les carreaux à l'heure où j'écris ces mots. Inlassablement, elles essaient de le pénétrer mais sont bloquées ; comme la pluie l'est sur les fenêtres ; par un morceau de papier. Ce fameux contrat dont je t'ai parlé. Il est aussi puissant que le plexiglas, ne cédant pas malgré la lutte incessante et interdite de mes pensées qui l'attaque.

Je te souhaite tout le bonheur du monde Aliénor, je m'en vais. Je déménage, tu n'as pas besoin de savoir où exactement, cela rendra les choses plus simples. Peut-être te reverrai-je un jour.

Pardonne-moi,

Gabriel »

Si j'ai réussi à retenir mes larmes tout à l'heure, je ne lutte plus en cet instant, et bien que le soleil brille encore, la tempête intérieure qui née en moi est bien dévastatrice. Pourquoi fait-il ça, pensé-je. A quoi cela sert-il d'écrire une lettre si belle et si déchirante ? Je le déteste. Je le déteste au plus haut point ! Effondrée ; et bien que la température extérieure avoisine les 25 degrés ; je m'enroule dans mon plaid, en ayant pris une décision : je vais me trouver un Maître. Et tant pis pour lui.

10.

Le site de rencontre BDSM

Voyons voir ce que tu as dans le ventre. Après avoir tapé dans la barre de recherche le fameux nom du site BDSM donné par Gabriel, je clique sur la page d'accueil. Tout est noir, et rouge. Et beh, me dis-je intérieurement, ça change des sites qui parlent de chatons.

Il faut que je trouve un pseudonyme… Mais pourquoi ne mettrai-je pas mon prénom tout simplement ? Une petite voix dans ma tête me rappelle alors qu'il n'est pas prudent de donner de vraies informations sur ce genre de site. Pense à ce que Gabriel t'a dit : « Le monde du BDSM est un monde dangereux pour celles et ceux qui n'en connaissent pas les codes ni les vices ». Oh arrête de penser à lui ! Me fustige-je. Il n'existe plus, voilà ! Pourquoi faut-il que l'être humain ait une mémoire aussi importante ?

Bon et bien... Pourquoi pas un personnage connu ? Voyons, une figure qui me parle, une figure qui me vient là, tout de suite... J'ai trouvé !

Je tape donc dans la case pseudonyme « ANTIGONE ». Entrée. Flûte, ça ne fonctionne pas... Déjà pris, j'aurai dû m'en douter. Tant pis, je vais essayer comme ceci : « AENTIGONE ». Entrée. Oui ! Ça marche, souris-je. A nous deux, petit site, on va voir ce que tu peux m'apporter. J'arrive donc sur la page d'accueil, tout est en anglais. Mince, il ne m'avait pas prévenu, et je dois dire que les nombreuses années qui me séparent du lycée ont quelque peu brouillées ma mémoire. On va faire avec. Je parcoure donc les différentes pages, découvrant ainsi ; à ma plus grande joie ; qu'il y a quand même des français sur le site. Heureusement, parce qu'apprendre la soumission est déjà compliqué en tant que tel, si en plus j'avais dû le faire avec un anglais, je n'imagine pas la galère...

Je découvre donc qu'il existe des groupes pour tout et n'importe quoi, qui parlent aussi bien de Petplay que de sexe anal, en passant par toutes les pratiques sadomasochistes et autres techniques d'humiliation. L'avantage, c'est que maintenant je peux mettre un nom et même des images sur les pratiques que j'ai découvert sur la check-list de Gab… Oh zut, pas encore ce nom. Stop !

Evénements ? Je ne savais pas qu'il y avait des événements BDSM organisés. Décidément, j'ai énormément de choses à découvrir. J'ai hâte. Alors voyons… Munch, donjon, club, … Ça fait beaucoup d'informations d'un coup. Et si j'essayais de chercher des dominants ? Ça a l'air d'être dans la barre « kinksters ». Il faut que je donne ma localisation pour pouvoir trouver des hommes dans la même région que moi, mince. Je reste large « Nord-Pas-de-Calais, France » fera largement l'affaire. Alors que je clique sur toutes les catégories que je vois ; et il y en a beaucoup, beaucoup trop, ce site est un enfer de navigation ; mon téléphone se met à vibrer :

- Aliénor, c'est Antoine, tu n'as pas oublié la fête ce soir ?
- ... Oups. Je regarde l'heure. 18h. Mince, absorbée dans mes recherches j'ai complètement oublié ! Je me change et j'arrive !
- Pas trop de chichi cette fois, c'est une petite soirée hein, je te connais.
- Justement, tu sais très bien que je n'en fais jamais trop en matière vestimentaire, dis-je, peu convaincue de lui faire avaler ça. Il faut avouer qu'une belle robe blanche tout neuve en dentelle en soirée étudiante, ça n'était pas la meilleure des idées...
- Ne tarde pas.

Il a beau dire ce qu'il veut, je m'habillerai en conséquence. C'est important d'être sur son 31 en soirée et c'est une chose à laquelle je tiens beaucoup. Drôle d'expression cela dit, moi qui ne fête jamais le nouvel an... Je m'égare encore. Bon, ce soir, ce sera la simplicité du Made in France, ma combinaison noire, ceinturée de cuir rouge fera l'affaire. Le seul hic, c'est pour faire pipi…

La soirée se déroule tranquillement. J'aime l'ambiance de cet appartement, style Geek. Il y a des jeux vidéo partout, il faudrait que je m'y remette d'ailleurs. Je m'installe dans l'un des fauteuils du salon et Antoine se joint à moi.

- Il faut que je te parle de quelque-chose Aliénor.

Toute ouïe, je le regarde se lever et monter les escaliers qui mènent à sa chambre. Ce qu'il est long, je déteste quand les gens font cela. On n'a pas le droit de mettre autant de suspens, c'est inhumain ! Patience Aliénor, patience, me gronde une petite voix intérieure. Il en revient deux minutes plus tard avec deux grosses cordes enroulées, il me semble en avoir déjà vue quelque part, pas plus tard que cet après-midi.

- Ce sont des cordes de Shibari ? demandé-je alors

- Comment connais-tu ce mot ? Tu pratiques ?

S'en suis une longue conversation avec mon ami, dans laquelle je lui explique tout. Ce qui se passe en moi depuis toujours, Gabriel, ma première séance, le site BDSM, ma volonté de trouver un Maître. Je ne cache rien, et déballer tout ce que j'ai sur le cœur me fait un bien fou, d'autant qu'Antoine semble réceptif à tout ce que je lui raconte.

- Incroyable, nous avons le même univers toi et moi on dirait. Mais je préfère les cordes. Donne-moi l'adresse exacte du site dont tu m'as parlé, il a l'air génial !

Après cette conversation et la joie reçue à l'idée d'être enfin comprise, la soirée suit son cours. Ça n'est que lorsque les oiseaux commencent à se faire entendre que je réalise qu'il est peut-être temps d'aller me coucher, des rêves plein la tête.

*

Une quinzaine de jours se sont écoulés, la vie reprend son fleuve tranquille et moi j'enchaîne les discutions stériles sur le site BDSM. Trouver chaussure à son pied est bien plus complexe que je ne me l'étais imaginé. Entre les hommes qui ne connaissent pas le bonjour, ceux qui tutoie sans même avoir demandé l'autorisation, et ceux qui pensent que les soumises le sont à tout le monde… La tâche est rude. Heureusement que je suis en vacances, je n'ai pas grand-chose d'autre à faire que de sortir avec mes amies, regarder des séries, dévorer des bouquins en tout genre et rêver à mon prince charmant.

Je n'ai à présent fait qu'une seule rencontre dans le cadre BDSM, et elle fût infructueuse. Encore un homme qui se fait passer pour un dominant et qui pense que le BDSM se résume à attacher sa partenaire pour la pénétrer sauvagement. Ma vision est tout sauf celle-ci, je ne veux pas de rapports sexuels moi, je veux que l'on me domine cérébralement. Comme Gabriel savait si bien le faire… Malgré la nostalgie toujours présente à l'évocation de son nom, la douleur qui me traverse commence peu à peu à s'estomper. Je ne peux pas dire qu'elle n'existe plus du tout, mais Gabriel devient plus un lointain souvenir qu'une déchirure encore ouverte.

Découragée par tant de « fake dom », je n'ai plus vraiment envie d'aller converser sur internet. C'est par hasard que j'ouvre mon profil, espérant bien peu trouver quelque-chose d'intéressant. Un message non lu. Encore un, un de plus parmi les dizaines et les dizaines que je reçois chaque semaine. Voyons ce que ce prétendant a à dire :

« Bonsoir, véritable photo ou véritable envie d'incarner cette position ? »

Euh, d'accord. C'est quelque peu sommaire comme approche. Enfin, au moins il sait dire bonsoir. Il faut dire que la photo que j'ai choisie est assez équivoque : une soumise presque entièrement nue, à genoux devant un homme en costume, elle le regardant droit dans les yeux, Lui tenant son collier fermement. Elle représente effectivement le but de ma recherche : un homme devant qui je tomberai à genoux…

Je réponds donc à ce fameux « Dzeta », primal predator. Primal predator, qu'est-ce donc que cela encore ? Il va me chasser comme un Cro-Magnon dans la forêt chasse le mammouth ?

Je lui réponds donc que non, ça n'est pas moi sur la photo, car je n'ai malheureusement pas encore eu la chance d'adopter cette position pour un vrai Maître.

Nous entamons une conversation, durant laquelle il passe plus de temps à me mettre en garde qu'à me parler de lui, ou à me dire clairement ce qu'il recherche. Encore un vieux sage. Je commence à croire qu'il ne veut pas de soumise… Mince, encore un échec, dommage, il avait l'air sérieux.

J'éteins ma tablette et décroche mon téléphone, qui s'affole depuis quelques secondes dans ma poche :

- Aliénor ! Aliénor j'ai un truc de fou pour nous !!!

C'est Antoine, je ne sais pas ce qui l'excite à ce point mais je ne l'ai jamais vu aussi enjoué.

- Et bien, que t'arrive-t-il ? On dirait que tu as découvert une mine d'or au pied de ton lit, pouffe-je
- Samedi soir, je t'emmène dans un Donjon !
- ... Tu peux répéter ?
- Samedi soir 21h, toi et moi. Donjon. Soirée BDSM. C'EST GENIAL !!!
- Euh, oui... Oui, oui. Mais tu n'as pas peur que ce soit un peu bizarre un donjon ? Je n'ai pas envie de me retrouver dans une vieille cave avec des vieux pervers couverts de cuir et me retrouver attachée dans tous les sens, et être fouettée pendant des heures, ris-je. Sans parler que ce doit être des nids à orgie ces endroits !
- Oh, arrête de faire ta timide Aliénor. Je t'offre la possibilité de découvrir ce qui te

plaît véritablement, et tu me sors tout un tas de clichés stupides ? Samedi soir, 20h30 je suis devant chez toi. Je t'envoie quelques notes du règlement. Bisous !

- Attends Ant…

Il a raccroché. Bien, on dirait que je n'ai plus vraiment le choix… Allons donc voir à quoi ressemble ce fameux donjon. Je tape le nom dans la barre de recherche du site après qu'Antoine me l'ait envoyé ; il est vraiment complet ce truc ; et je tombe donc sur ce fameux règlement :

- Dress code noir obligatoire, sauf pour le latex
- Collier obligatoire pour les soumises et soumis
- Le sexe est interdit au sein du donjon

Le sexe est interdit ? Tient donc, me voilà rassurée. Je ne peux m'empêcher de penser à ce que Gabriel m'a dit dans son mail : « *Non, nous ne passons pas notre temps à nous pénétrer les uns les autres.* ». Et bien on dirait qu'il avait raison. Les clichés ont la vie dure décidément, je suis un peu honteuse d'avoir pu penser que les donjons BDSM s'apparentent aux clubs libertins. Je sais bien que ce sont deux mondes complètement différents, et que les gens vanilles ont toujours tendance à faire l'amalgame. C'est bien dommage, cela dessert probablement notre image... Quoiqu'il en soit, je suis rassurée. On verra bien comment ça se passera. En attendant, il me faut une robe noire un peu sexy pour samedi.

Je file donc en ville en quête de cette fameuse robe. Je ne veux pas quelque-chose de trop dénudée, car je ne sais pas si la nudité est acceptée ou non, mais je ne veux pas non plus quelque-chose de trop couvrant, car je suis quand même en quête d'un Maître. Après avoir arpentée toutes les rues de la ville, essayé des dizaines de tenues différentes, je jette enfin mon dévolu sur une robe-nuisette en velours noir et dentelle. Pas trop découverte, cela reste de la lingerie. Ce sera parfait ! Il n'y a plus qu'à attendre le grand jour. Patience Aliénor, patience.

11.

Le Donjon

Samedi soir 20h30. J'ai revêtue ma robe de velours, mis un collier ressemblant au maximum à ceux que j'ai pu voir sur des photos ; ça fera l'affaire pour ce soir ; chaussé mes plus belles chaussures à talons ; oui, elles sont oranges mais tant pis je n'en ai pas d'autres ; et j'attends donc impatiemment Antoine. Lorsque la voiture arrive devant mon appartement, je monte vite à l'intérieur et ne peux m'empêcher de crier :

- ANTOINE J'AI PEUR JE SUIS HYPER STRESSEE C'EST HORRIBLE JE VAIS ME DECOMPOSER SUR PLACE AU SECOURS !!!!

- Calme-toi Aliénor ! Ils ne vont pas te manger, au pire t'attacher dans un coin et te fouetter les fesses…
- Arrête de te moquer de moi ! fis-je en m'avachissant dans le fauteuil. Je ne sais pas du tout comment ça se passe ce genre de soirée, et s'il y a des codes ? Et s'il faut respecter des choses ? Et si on m'oblige à faire des choses ? Et si finalement on n'est pas à notre place ?
- Et si tu arrêtais de te poser mille questions et que tu me faisais confiance ? J'ai contacté moi-même le Maître des lieux, et tu as lu le règlement. Personne ne t'obligera à rien. Tu es plus stressée que pour aller en examens dis moi !
- Moi.
- … Tu as vite retrouvé ton humour, c'est bien, dit-il en se tapant le front de désespoir.
- Antoine ?
- Oui Aliénor ?
- PIPI !

- Tu es sérieuse ? On est partis depuis à peine dix minutes !

Mes yeux de chaton battu l'apitoient et nous nous garons dans une ruelle sombre afin que je puisse soulager ma pauvre vessie soumise à ce stress implacable. Durant le trajet, nous parlons de tout et de rien, essayant de ne pas trop penser à comment la soirée de ce soir allait se dérouler. Je ne suis apparemment pas la seule personne stressée dans cette voiture.

- Antoine ?
- Oui ?
- PIPI !
- Encore ? Tu rigoles ou quoi ? Cela fait 40 minutes à peine que nous sommes partis et ça fait déjà deux fois !
- Je meurs
- Arrête ton cinéma
- Aaaaaaaaaaaaaaaaaaaah, ooooooooh, uuuuuuuh !

- D’accord, d’accord, j’ai compris. Tiens, nous arrivons sur une route de campagne. Tu seras tranquille.

Cinq minutes après cet arrêt, nous arrivons enfin sur le parking du Donjon. Rien n’indique qu’il se trouve ici, et je me demande si Antoine ne s’est pas trompé de chemin.

- Tu ne croyais quand même pas qu’il y aurait un panneau lumineux ?

Il n’a pas tout à fait tort. Nous sonnons donc, et attendons derrière une petite porte, éclairée par une chandelle électrique. Nous sommes dans le thème. Un homme chauve nous ouvre la porte et nous salut chaleureusement. Nous lui annonçons que nous sommes nouveaux ici, et il nous fait entrer dans sa demeure. C’est le propriétaire des lieux.

- Première règle Mademoiselle, sachez qu’ici toutes les personnes soumises salut les personnes dominantes en mettant un genou au sol et en prenant une main.

Oula, des règles ? Déjà ? Ça commence bien, moi qui déteste ça, je suis déjà suffisamment stressée pour devoir obéir à des règles. Bon, j'essaie de me détendre. Nous passons donc la porte et arrivons dans une petit cours, à l'abri des regards indiscrets. Un jacuzzi trône dans un coin. Voilà qui me semble fort sympathique. Nous passons la porte d'entrée, deuxième règle : les personnes soumises passent toujours derrière les personnes dominantes. Je n'ai pas l'habitude de cela, moi qui passe toujours devant tout le monde. Patience Aliénor, patience. En entrant dans cet univers feutré, je ne peux m'empêcher de penser au message que Dzeta m'a laissé ce matin :

« J'ai vu que vous alliez dans une soirée d'initiation. Je vous souhaite de faire de belles rencontres.»

Je ne sais pas pourquoi, mais c'est mots sonnent comme une vague de tristesse. Comme une bouteille jetée à la mer, que l'on ne reverra jamais. Cela me laisse songeuse, mais je compte bien faire de belles rencontres, en effet !

Nous arrivons donc au comptoir d'accueil, une soumise au grand sourire, complètement nue, nous invite à remplir nos feuilles d'inscription et à régler la soirée. Nous déposons nos sacs dans le vestiaire, et passons dans la pièce principale. Il est encore tôt, il n'y a pas encore grand monde. Tant mieux, je n'aime pas trop les foules. Nous en profitons donc pour prendre un verre de vin blanc, et la soumise du Donjon nous fait visiter les lieux. La première chose que l'on peut remarquer, ce sont les lumières, rouges, ou feutrées. Je suis loin de mes salles de cours et de leur lumière de salle d'opération. Je me sens bien, mon corps se détend au fil des minutes, mes yeux s'habituent à ce faible éclairage et la douce musique de Rammstein me berce d'un sentiment d'être « à la maison ». Je dois dire que les fauteuils style ancien ont l'air plutôt confortables, larges, lourds, en velours ou en cuir, tous posés sur un tapis rouge épais. Voyant que je regarde les fauteuils avec envie, le propriétaire me dit d'un ton malicieux que les soumises n'ont pas le droit de s'y assoir. Ma place est sur les petits poufs en face, ou à terre, sur le gros tapis. Mince, j'aurai essayé. Nous continuons notre périple. Une salle derrière le bar mène au sous sol, pièce au milieu de laquelle se balance mollement une balançoire, accrochée par des chaînes au plafond, elle attend patiemment qu'une âme vienne s'y perdre afin d'y être merveilleusement torturée. Une croix de Saint André lumineuse l'éclaire. Nous remontons et visitons la prochaine salle. C'est la salle du Shibari, celle où trône fièrement un bambou, qui attend lui aussi impatiemment que quelque soumise vienne se prendre dans ses filets. Puis nous arrivons dans la deuxième partie du donjon. Treuil, instruments en tout genre gardés sous clefs dans des armoires clouées au mur, banc à fessée, cages, banc en bois avec anneaux aux murs et multiples chaînes pendantes ci et là. Le tout dans cette ambiance tamisée. Je me sens décidément très bien dans cet endroit.

Enfin, nous montons l'escalier qui nous mène à l'étage. Là-haut, nous trouvons des bancs, un carcan, un lit et une belle croix de Saint André, prête elle aussi, à servir d'instrument de tous les plaisirs. La pièce du fond est fermée par un rideau, je demande à quoi elle sert :

- La sex room.

D'accord, donc les seuls ébats sexuels autorisés se font donc dans la petite pièce au fond du donjon, fermée par un rideau. Elle est vide, nous en profitons donc pour la visiter. Nous y trouvons une douche, un grand lit surmonté d'un carcan, une table gynécologique ainsi qu'un meuble toilette. Je remercie notre guide, et m'attarde encore un peu dans la pièce du haut. J'y observe toutes les photos qui y sont affichées, souvenirs de soirées, souvenirs de passages éphémères clouée sur ces murs rouges.

Nous redescendons donc vers le bar, ayant terminé notre verre. Le temps d'en commander un deuxième, un couple a commencé à jouer. J'admire la beauté de la soumise, la beauté de la complicité déjà bien installée entre ces deux êtres. Elle marche à quatre pattes, nue, baladée en laisse jusque dans la pièce du fond. Son Maître l'attache au treuil, elle est prisonnière ainsi, les mains liées en l'air. Complètement nue et à la merci de son Dominant. Cette scène me rappelle quelque-chose, et mon ventre se serre. Non, pas maintenant, cela suffit Aliénor. Tu es dans un donjon, tu es là pour faire des rencontres alors cela suffit.

Pour me changer les idées, je me plonge dans la séance que moi et une dizaine d'autres personnes sont en train de regarder. C'est fou à quel point les gens sont respectueux ici, tout le monde observe en silence ce bal de lanière de cuir et de couteau se mélanger aux cris de douleur et de plaisir de cette soumise. Ce que je vois est un idéal de relation BDSM. On peut sentir l'Amour qui lie ces deux personnes, la dévotion qu'à cette femme envers cet homme, et inversement. Il tire ses cheveux en arrière, l'oblige à écarter les cuisses. Elle est totalement vulnérable ainsi découverte. Il prend alors trois bougies, les allume et commence à déposer quelques gouttes sur le corps tremblant de sa chère et tendre. Cela est si beau, les couleurs se mélangent et voilà maintenant qu'un arc-en-ciel s'est formé, du rose, du bleu, du jaune, du vert, du noir… Que j'ai envie d'essayer les jeux de bougie ! Patience Aliénor, patience.

Soudain, la soumise tombe. D'un coup, comme si elle s'était évanouie. Je prends peur et me demande ce qu'il se passe, son Maître la détache, et la prend dans ses bras, lui susurrant des mots qui n'appartiennent qu'à elle. Ses caresses, ses baisers et ses gestes doux la font revenir à elle, et c'est alors qu'elle se met à pleurer de joie en ne cessant de répéter « merci Maître ». On m'explique que ce que je viens de voir s'appelle le subspace, un état second dans lequel les personnes soumises peuvent être amenées si elles parviennent à lâcher prise suffisamment. Ça a l'air dingue ! J'espère pouvoir parvenir à cet état un jour…

C'et alors que l'on entend une autre voix monter de l'autre côté de la pièce. Je me dirige donc, curieuse, dans la salle du bambou. Une séance de Shibari a commencé, j'appelle Antoine, sachant que c'est cet art qu'il préfère et dans lequel il souhaiterait devenir expert. Les cordes se mêlent et s'entremêlent autour du corps de la soumise, la couvrant d'un merveilleux harnais de jute. Et vient le moment où elle s'envole dans les airs. Elle danse au fil des cordes, qui sont tantôt tendues, tantôt relâchées. Cela dure une trentaine de minutes, et puis l'encordeur la pose au sol, et tout est fini. Lorsqu'elle rouvre les yeux, elle semble dans un état second. Je veux essayer !

Voyant que je regarde le bambou avec insistance, l'encordeur me lance :

- Tu veux essayer Aentigone ?

Je n'ai pas l'habitude d'être appelée ainsi. J'hésite, je regarde Antoine, celui-ci m'encourage grandement.

- Bon ok, mais vas-y doucement parce que je n'ai jamais pratiqué cette discipline.
- Pas de problème mam'zelle. De toute façon si ça ne va pas, tu me le dis.

J'enlève ma robe de velours, détache mon collier. Voilà. Pour ma première en donjon, je me retrouve en dessous d'un énorme bambou, en string, prête à me faire transformer en gigot par un parfait inconnu. J'aime bien ce monde.

Je me place à genoux, sur les tapis de mousse, au dessus donc de ce qui allait porter dans quelques minutes mon corps de nouveau tremblant. L'homme se place derrière moi, je sens déjà la douce âpreté des cordes glisser sur ma peau. Elles se font de plus en plus nombreuses, de plus en plus serrées. En l'espace de quelques instants, me voilà prête à enfourner. Mes jambes sont repliées sur elles-mêmes, mes bras croisés dans le dos, ma poitrine enserrée dans un harnais. J'aime beaucoup les sensations que cela procure, et je donnerai cher pour me voir à cet instant, bien que je n'aime habituellement pas me regarder quand je suis en séance.

- Tu es prête ? Ça va soulever !
- Pas de soucis, je suis prête de chez prête !

Mon cœur se met à s'emballer dans ma poitrine, attendant l'instant où, pour la première fois de ma vie j'allais être soulevée dans les airs, et tout ça encordée ! La première sensation n'est pas tellement agréable je dois dire, j'ai l'impression d'avoir le souffle coupé par les cordes qui viennent s'enfoncer dans mes chairs, pile sous ma poitrine. Je m'apprête à dire quelque-chose quand je sens mes jambes se soulever à leur tour. Le poids redescend et je peux à nouveau respirer normalement. L'inconnu joue avec moi et ses cordes, exactement comme il l'a fait avec la soumise juste avant moi. Elles se tendent, se détendent, coupent ma respiration, me permettent de la reprendre. Après plusieurs dizaines de minutes de jeu, je ne sais même pas depuis combien de temps je suis là haut, je me retrouve la tête en bas. J'ai l'impression de ressembler à un saucisson que l'on fait sécher, et à en voir la tête d'Antoine, je ne suis pas la seule.

- Ne fais pas cette tête, dit-il entre deux éclats de rire, c'est superbe !

- Peut.. être. J'ai du mal.. à parler, dans cette position
- Bon ! fait l'encordeur, Antoine, on va boire un verre ?
- Quoiiiiiii ?
- Allé, à tout à l'heure Aentigone !

Je ne sais pas si c'est du lard ou du cochon, mais ils quittent tous les deux la pièce. Assez de charcuterie pour ce soir. Alors que je m'apprête à exprimer mon mécontentement, je les vois arriver tranquillement, ou plutôt je vois leurs pieds arriver tranquillement.

- On t'a bien eu hein ? s'écrièrent-ils en cœur. C'était une petite blague, je ne laisse jamais seules les personnes que j'encorde, question de sécurité !

Il me descend alors doucement, défait une à une les cordes, avec douceur, libérant ainsi mes membres endormis par l'effort. Je m'étale en étoile de mer, m'étirant grassement. Quand je me relève, je ressens une irrépressible envie de dormir.

- C'est normal, me dit-on. C'est l'effet que fait une bonne séance de Shibari. Les endorphines sont boostées au maximum.
- Je, je suis... Détendue, dis-je d'un sourire béat.

Le temps d'un troisième verre, la soirée au Donjon se termine. Je rentre donc chez moi épuisée mais heureuse, avec l'envie encore plus grande de trouver mon Maître. Patience Aliénor, patience.

12.

Dzeta

Quelques jours plus tard, la tête encore pleine de cette merveilleuse soirée, je me connecte sur mon site BDSM, et suis heureuse d'y trouver un message de Dzeta. Il me félicite pour ma séance de shibari et me dit que décidément, je ne suis pas timide. Je lui réponds que si, mais je ne suis pas pudique, ce sont pour moi deux choses complètement différentes. Nous avons échangé en tout et pour tout une dizaine de fois et il essaie de me donner des leçons de français ? Non Monsieur, je ne me laisserai pas faire. Souriant, je m'efforce de lui expliquer ma vision de ces deux mots, il est décidément bien étrange ce personnage ! Et puis vient le message que j'attendais :

« Je remarque que votre liste d'amis ne cesse de croitre ! Certainement quelques contacts prometteurs?! De quel coin êtes-vous ? Je suis curieux d'en apprendre plus sur vous... ».

Je ne sais pas si je dois en déduire, à la vue de cette ponctuation, quelque jalousie que ce soit, mais en tout cas je suis contente de constater qu'il cherche enfin à en savoir plus sur moi. Je ne sais même pas pourquoi lui. Après tout, j'ai une dizaine d'autres discussions en attente. Nous discutons de tout et rien et, sans prévenir, il me donne son numéro de téléphone. Et bien, pour quelqu'un qui à la base ne souhaite que me prévenir des dangers du BDSM, je le trouve bien entreprenant. Intéressant. Il n'est peut-être pas si vieux sage que cela, le Primal Predator...

Nos échanges SMS se poursuivent plusieurs semaines, et je dois dire que plus le temps passe, plus cet homme m'intrigue. Encore une fois, je ne sais me l'expliquer. Peut-être parce que depuis que nous échangeons, l'image de Gabriel s'efface de plus en plus de ma mémoire...

J'espère que cette fois ci, je ne me trompe pas. Nous verrons bien.

*

Deux mois. Nous échangeons maintenant depuis deux mois. Je sais que je commence à m'attacher à Dzeta, c'est idiot, c'est complètement idiot mais je suis un véritable cœur d'artichaut. Un jour que nous discutons de tout et d'un peu de rien, je ne peux m'empêcher de lui dire que les photos qu'il a mises sur son profil me dérangent, car elles représentent des séances passées avec d'anciennes soumises. Revoilà ma jalousie au grand galop, félicitation Aliénor, tu es jalouse pour quelqu'un que tu ne connais pas, dont tu ne connais ni le visage ni même le prénom. Ma vie sentimentale est un véritable gouffre et plus je m'y enfonce, plus je m'y perds, plus je deviens faible. Raah j'ai horreur de cela, surtout qu'il doit me prendre pour une folle.

« BIPIP BIPIP », mon téléphone sonne. Ça n'est pas un numéro enregistré, mince et si c'était ? Oh non ! En plus je suis aux toilettes ! J'ai quand bien envie de répondre… Rien que pour entendre sa voix… Tant pis.

- Allo ?
- Tu as fini avec tes crises de jalousie ?, dit une voix grave à l'autre bout du fil.
- …
- Je te parle Aliénor
- Pardon, désolée, dis-je dans un rire gêné. Je ne sais pas du tout où me mettre, d'autant que je ne suis pas dans un endroit des plus adéquats pour parler pour la première fois de vive voix à un inconnu, qui m'attire énormément qui plus est !
- Pardon Monsieur, c'est juste que quand je vois ces photos, je me dis que vous pensez encore à vos aventures passées et… Je ne sais pas si vous vous intéressez vraiment à moi…

- Tu es une idiote Aliénor, tu le sais ? En tout cas, j'adore ta voix. On dirait un petit chaton apeuré, qui a besoin d'être réconforté...

Entre le canari et le chaton, je ne sais plus quoi penser moi. D'autant que j'ai plus des envies canines qu'autre chose...

- ... Merci...
- Je te laisse j'ai des choses à faire. Que dirais-tu d'aller prendre un verre jeudi ?
- Prochain ?
- Oui, dans deux jours
- Euh.. D'ac.. D'accord ! A jeudi !

Mais quelle idiote, mais quelle idiote ! Pour une première, restée sans voix comme ça, argh. Et puis, un chaton apeuré ? Et puis quoi encore ? Remarque, s'il a besoin d'être réconforté...

En tout cas, je trouve que cet homme a une voix très étrange. Grave, emplie de mystère. Moi qui avais peur de tomber sur quelqu'un de bizarre ! Il a l'air assez avenant finalement. J'ai hâte que sa voix grave viennent glisser quelques ordres au creux de mon oreille. Patience Aliénor, patience.

Jeudi matin, je suis d'une humeur de chien. Ce gougeât a décommandé notre après-midi, et tout ça pour une histoire de courses ! Et bien tant pis pour lui, qu'il aille au diable avec ses excuses ! Pour me remonter le moral, Antoine m'a invité à une après-midi jeux vidéo. Au moins, les amis ne nous laissent pas tomber. Avant de partir pour cette folle après-midi, je décide d'aller me chercher quelques raviolis chinois fait maison dans une petite boutique, située dans une rue toujours déserte. L'endroit ne paye pas de mine, mais la cuisine est faite maison et ça n'est pas très cher. Mon paquet sous le bras, je me dirige vers l'appartement de mon sauveur.

- Hello ! Je sais, je suis en avance. Mais j'ai ramené à manger alors tu n'as pas le droit de râler.
- Tu es insupportable Aliénor, allez viens donc me raconter ce qu'il t'arrive

Je lui fais un bref résumé de ces derniers jours et l'air peu inquiet, Antoine me demande :

- Mais il t'a proposé d'aller boire un verre jeudi prochain c'est bien ça ?
- Oui, m'enfin s'il me fait le même coup...
- Ne sois pas si défaitiste enfin, dit-il tout en avalant d'une bouchée un ravioli aux légumes.
- Je ne suis pas défaitiste, je suis réaliste. Je connais les hommes, surtout sur des sites de rencontre. Ils te promettent la lune et au moment de les rencontrer, pouf, ils se volatilisent !
- En même temps, il avait peut-être vraiment des courses à faire. Et puis je te signale ma chère qu'il a quand même supprimé toutes ses anciennes photos. Ça n'est pas rien !
- Moui, tu as sans doute raison. Je ne sais pas, je suis trop impatiente. Cette vie, ce Maître, je l'attends depuis tellement longtemps !
- Tu es terrible, et tu sais quoi ?

- Quoi ?
- Tu as perdu la partie.
- Oh non, tu as triché ! Je veux ma revanche !

Celle-ci étant largement prise, je rentre chez moi. Antoine a sûrement raison, je me suis monté le chou et puis c'est tout. Nous verrons bien de toute façon, je n'ai plus qu'à attendre...

*

L'attente, elle a duré des jours et des jours, qui ressemblaient plus à des semaines entières. Nous sommes donc jeudi à nouveau. Je suis censée rencontrer Dzeta dans un café à 15h30. J'attends toute la matinée, scrutant mon téléphone une boule au ventre. Et s'il me plante encore ? Quatorze heures, je dois m'habiller. J'espère ne pas faire ça pour rien ! J'ai choisi pour l'occasion une combinaison bleu marine, une paire de bottines marron. Saleté de cheveux, je n'arrive pas à les dompter, il faudrait vraiment que je me décide à aller chez le coiffeur ! Tant pis, je vais faire un chignon bas. 14h55. Je tape l'adresse sur le GPS de ma voiture, heure d'arrivée estimée 15h18. Mince ! J'espère ne pas tomber dans les bouchons... A peine ai-je dit cela que je retrouve l'A1 complètement bouchée... pour changer, grommelai-je pour moi-même. Heureusement, il y a une autre route !

J'arrive donc dans une zone commerciale, le café doit se trouver dans le coin. Charmant... Remarque, l'avantage c'est qu'il y a du monde. Je me gare sur le parking, derrière le café. 15h35. Je reçois un message :

« Tu es en retard. »

Mince de mince ! Le pire dans tout ça, c'est que je me suis trompée de parking, le temps que je comprenne mon erreur et que je fasse le tour du café pour trouver le bon endroit où me garer, il est 15h39. Allez, dans quelques secondes je vais enfin voir à quoi ressemble l'homme avec qui je discute depuis des semaines. Souffle, respire bien fort, et pousse la porte. Allé !

Je rentre dans le café, et n'ayant pas mes lunettes, je n'aperçois pas tout de suite mon rendez-vous. Je demande donc à la serveuse :

- Bonjour, je cherche un homme seul avec une barbe. C'est la seule chose que je connais de son physique.
- Oui, il est assis au fond là bas !
- Merci, dis-je en souriant d'une façon un peu coincée.

C'est là que je l'aperçois. Dzeta. Tremblante de peur et d'excitation, j'avance vers lui. Le regarde de la tête aux pieds, et arrive malgré tout à murmurer un timide :

- Bonjour Monsieur, enchantée ! Je suis désolée pour le retard, j'avais si hâte de cette rencontre !

Il me regarde avec un grand sourire, les yeux déjà pétillants d'envie.

- Patience Aliénor, patience.

Table des matières :

Liens internet

Notre chaîne YouTube « Aentigone & Mr Dzeta »

https://www.youtube.com/channel/UCgZGMLqs0Ptm5xFrdeTGpdg

Mon blog :

https://aentigone.fr

La Check List BDSM :

https://aentigone.fr/check_list

Instagram :

https://www.instagram.com/aentigone_mrdzeta/

Printed in Poland
by Amazon Fulfillment
Poland Sp. z o.o., Wrocław

84561002R00074